掯出花香

蘇善童詩集

蘇善・著

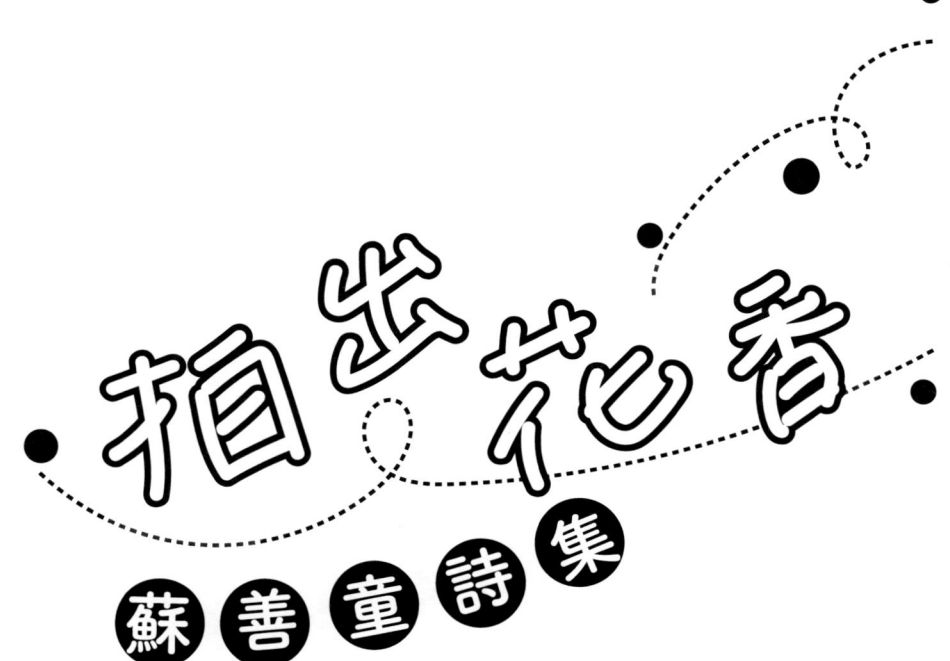

自序　童詩照相

回顧我的童詩演講，講題之一為〈我的觀察詩日記〉，帶出「觀察詩」的概念；講題之二為〈童詩路線〉，整理出四條創作與生活疊合並進的敘寫路線，有些描繪瑣事，有些抒發衷腸。在二〇二一年臺北詩歌節「詩人進校園」的活動中，我以〈童詩照相〉為題，帶著孩子們讀詩寫詩，大抵也是提醒採拾「時」光片羽，把眼前風景轉檔為圖畫文字。

創作童詩，拓印每個感動時刻是最棒的收穫，演講分享是額外收穫之一，回味並將詩作收編成書則是額外收穫之二，譬如：

《螞蟻路線：蘇善童詩集》（秀威少年，二〇二〇年）

《痲雀風了：蘇善童詩集》（秀威少年，二〇二二年）

《無線譜：蘇善童詩集》（秀威少年，二〇二三年）

一篇詩作往往就是一張圖像印記，因此決定自己配圖之後，繪製的速度很快，調出腦中草圖，描上平板電腦，先採橫式Ａ４後採直式Ａ４，復刻場景，一如手機相機的「視界」，鏡頭忽近忽遠，時而微距時而廣角，都把觀見搜羅起來。這一本詩集乃據此概分為兩個部分：

近一點，撞見。

遠一些，望見。

所謂「撞」見，常常是可遇不可求，好比蹲身拍花之際，一隻草蜢跳上葉片，不動！一秒兩秒，牠竟然等你！你屏息，貼上眼珠，正拍、側拍、俯拍，再來個逆光仰拍，不管張數啦畫質啦，啪啪啪，草蜢跳走，你才回神，你的照片因此多了一個檔案夾，名為「草蜢歇腳」，看一回刪一張，那一剎那從此深刻腦中，幾時轉換成詩？說不準，就這麼放置吧。

若說「望」見，有時摻入個人情愫，譬如拍野薑，這處盛開，那處未萌，你便兩處走個幾次，眼前同時浮現兒時印象，白花襯著綠野，你嗅了花香失了魂似的，來來回回不見故人，你偷偷鼻酸，不意瞅見橘色野薑甚美，時空布景瞬間抽換，你才定神瞧好角度，攝下完美的單張。

詩句由此醞釀？

先從篩選與編輯圖片開始吧？

於是，編選詩集之際，用一篇，挪一篇，分類漸次明朗，亦即，第一部的短篇多在十行以下，大都是《小行星幼兒誌》的邀稿，雖有格式，也扣緊文學韻味。第二部的行數不等，大都發表於《國語日報・故事版》，最長的〈別睡著〉有四十五行，刊登於尚未改版的《國語日報・兒童文藝版》，盤據上半部版面，〈耶誕粉絲〉則有三十四行，也分配到大約三分之一版面。此外，〈謝謝〉從報紙跳上教科書再跳上語文讀物，形式更動，內容略有潤修。另外，〈香草的天空〉首次登上《人間福報・少年天地》的版面，以此契機，開始為其「童詩・童思」專欄創作，每月交出一首童詩與插畫，圖文並進，描繪時光風景。

之前，詩作與詩集各自行旅，之後亦然。

繼續生活，拍照。

繼續創作，畫圖。

不逗。

不急。

唯出版成書，仰賴秀威出版的編輯團隊襄助，文字與圖像，一番一騰，有模有樣，再番又騰，耳目刷新。

蘇善定稿　甲辰年春分

目錄

自序　童詩照相　003

Part 1 Zoom In

Part 2 Zoom Out

Part 1 Zoom In

近一點，撞見
草蜢歇腳
正拍側拍俯拍再來個逆光仰拍
時光點點斑斑
疊印絢爛

01
夏日

夏日有多長
小狗的尾巴追太陽
夏日有多長
我的影子躲太陽
夏日有多長
爸爸的屁股曬太陽

＊發表於二〇〇四年六月三日《國語日報・故事版》。

02

兩隻貓

下雨過後，
風涼涼，
兩隻貓，
躺在沙發上，
把夏日睡成慵懶。

一隻是我，想翻身，
一隻是媽媽，在打鼾。

＊發表於二〇〇四年六月十四日《國語日報・故事版》。

03

暑假計畫

拿起紙和筆
我來動動腦
擬個完美的暑假計畫表
我寫下：

上午睡飽
中午吃飽
下午去找太陽賽跑

然後我拿去問媽媽：
「這樣好不好？」

＊發表於二〇〇四年七月十五日《國語日報・故事版》。

上午
下午

04
躲避球

天外飛來一顆球
我躲不開
我避不過
左臉頰突然一片熱
像彗星撞地球

唉喲
我的眼淚一直流

*發表於二〇〇五年四月六日《國語日報‧故事版》。

05

秋風的笑話

秋風喜歡說笑話
路邊的欒樹被逗得咯咯咯
抖落一陣窸窸窣窣
金黃燦爛的
笑語
如雨下

＊發表於二〇〇五年十一月十四日《國語日報・故事版》。

06

疊翼

翅膀那麼大
怎麼縮進時間的縫隙
翅膀那麼美麗
不能一直停在我的鏡頭裡
飛吧
飛向天際
繞一繞春天
如果風大
回來，躲進我的詩句

＊發表於二〇一四年四月，《滿天星》，第77期，頁29。南投縣：台灣兒童文學學會。

回來
躲進我的詩裡

07

隱形巨人的惡作劇

鬆散的雲朵
掉在地上的鳥窩
松鼠的風箏，飛走了

嚇呆的小狗
滾到樹下的籃球
打盹的娃娃，醒了

＊發表於二〇一八年三月三十日，《新一代兒童週報・兒童園地》，第29期。

08

多玩一天

摺一架紙飛機
追著風，多玩一天
摺一群跳跳蛙
找蝸牛，多玩一天

摺一座彩色花園
邀請雨點，多玩一天
摺一個蝴蝶夢
拍拍翅膀再多玩一天

*發表於二〇一八年十二月，《小行星幼兒誌》，第33期，頁18-19。台北市：親子天下。

09

棉被上的陽光

五月謝謝四月不急不趕
送完春天的花香
白天謝謝黑夜不快不慢
拉開夏天的大合唱

我呢
謝謝棉被上的陽光
在我的夢裡
把媽媽的床邊故事再說一遍

*發表於二〇一九年五月，《小行星幼兒誌》，第38期，頁18-19。台北市：親子天下。

10

黑板上的名字

讀書寫字，會不會？
大麻雀、小麻雀，
想不想跟我去上學？
我請路上的貓兒狗兒不要追。

安靜坐好，會不會？
大麻雀、小麻雀，
能不能跟我去上學？
我怕黑板上的名字吵成一堆。

＊發表於二〇一九年九月，《小行星幼兒誌》，第42期，頁18-19。台北市：親子天下。

11
松鼠抱樹

早、早、早
陽光一絲一絲，把夢吹掉
找、找、找
昨天藏好的種子怎麼找不到

妙、妙、妙
綠樹一棵一棵，伸展枝條
跳、跳、跳
今天要記得抱樹一起數心跳

＊發表於二〇二〇年一月，《小行星幼兒誌》，第46期，頁18-19。台北市：親子天下。

12

麻雀扁嘴

一隻麻雀扁著嘴
畢業了
不會忘記黑板
以及板擦的小恩小惠

一群麻雀互相道別
畢業了
擁抱親愛的老師和同學
帶著千恩萬謝

＊發表於二〇二〇年六月，《小行星幼兒誌》，第51期，頁12-13。台北市：親子天下。

ㄅㄧˋ ㄧㄝˋ

13
玩拼字

這兒撿到一個「木」
那兒撿到兩個「木」
切葉蟻一塊兒玩拼圖
左左右右一排字
好像聽見大風呼呼呼
上上下下一行字
好像看見陽光在跳舞
一堆高，好多好多大樹

＊發表於二〇二〇年九月，《小行星幼兒誌》，第54期，頁18-19。台北市：親子天下。

14

喜歡春天

兔子喜歡春天，松鼠也是
嗅著花香甜絲絲
真怕鼻子生病
鼻子一病就像整天哭

棕熊喜歡春天，土撥鼠也是
追著風兒兜圈子
真怕手腳生病
手腳一病只能嘴嘟嘟

*發表於二〇二一年四月，《小行星幼兒誌》，第61期，頁30-31。台北市：親子天下。

15

好多花兒

小黃花兒，掛棚架
毛毛刺刺的小黃瓜
白白綠綠的山苦瓜
還有圓鼓鼓的洋香瓜

大黃花兒，地上爬
西瓜最怕雨點嘩啦啦
冬瓜留一顆當枕頭
南瓜會變成馬車嗎

＊發表於二〇二一年八月，《小行星幼兒誌》，第65期，頁12-13。台北市：親子天下。

16

小被被

一陣風，一層雪
積雪的森林裡
小松鼠裹著尾
等誰送來小被被

一張床，一個娃
天使玩偶陪著睡
安靜的雪夜裡
耶誕老人送了小被被

*發表於二〇二一年十二月，《小行星幼兒誌》，第69期，頁12-13。台北市：親子天下。

17
下午茶

洗臉，洗手，
小松鼠大聲歡呼：
黑森林蛋糕！
快樂的下午！

洗叉子，洗盤子，
媽媽細聲叮嚀：
刷了牙齒，
再來說故事。

＊發表於二〇二二年六月二十九日，《小行星幼兒誌》，第75期，頁12-13。台北市：親子天下。

18

做家事

我會做家事，
收一收，上衣和帽子，
摺一摺，短褲和襪子，
風兒在窗外轉圈子。

我會做家事，
掃一掃，灰塵蜘蛛絲，
擦一擦，桌子椅子，
雨點答答跳進荷花池。

＊發表於二〇二三年六月，《小行星幼兒誌》，第87期，頁12-13。台北市：親子天下。

19
驚喜

被晨光親到嘴角
遇見南美假櫻桃
差點兒被蓮霧打到
驚喜，放大視界
鷺鷥雛鳥在練習展翅
夜鷺不好睡覺
起飛
追著白雲繞一繞
找一找季節的落葉
錫葉藤變色了沒

20

拍出花香

對焦，完美的野薑
披掛朝陽
鋪陳流光
媽媽鼻子一嗅，嗅到花香
拼貼童年
圳水淌進舊日田埂
一隻隻蝌蚪前腳後腳踢踢蹬蹬
跳上城市池塘的荷葉
呱呱誇讚
嬉游想像

21
香草的天空

別提星星
一顆顆遠離膨脹的宇宙
比黑更黑更暗的
眼眸，扭曲時空
實驗又實驗
如何逃出光陰牢籠
就要瞧瞧
分秒拔縫
哪來的天空
縱容風雨雷電，還有彩虹
自自由由

註：黑猩猩「香草」（Vanilla）被關在「靈長類動物實驗醫學和外科實驗室」長達二十九年。

*發表於二〇二三年十月三十日《人間福報・少年天地》。

Part 2 Zoom Out

遠一些，望見
這處野薑盛開
那處未萌
嗅了花香失了魂
來來回回呼喊鷺鷥水牛玉米蕃薯藤
時空瞬間抽換布景

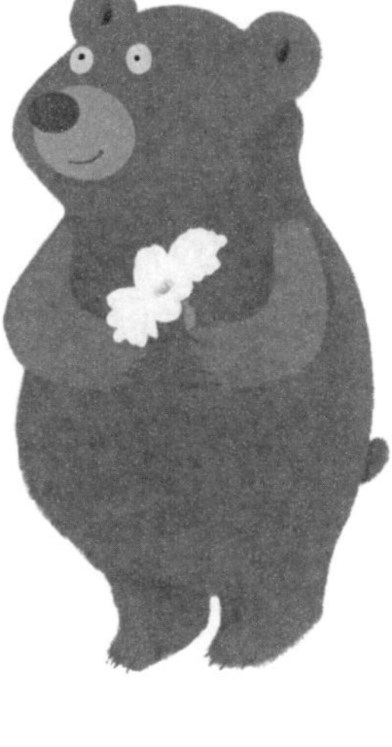

22

我是門窗長

我管門
我管窗
我是負責的門窗長

上學的時候
打開窗
讓桌子和椅子迎朝陽
打開門
讓老師和同學互道早安

放學的時候
關上窗
不許蟑螂的舞會太瘋狂
關上門
不准老鼠半夜偷偷娶新娘

我管門
我管窗
我是快樂的門窗長

＊發表於二〇〇六年十月十日《國語日報・故事版》。

23

等待的時間

媽媽的時間正在飛
飛越大海洋
我的時間被釘在窗外
一塊石頭上
蝴蝶張開翅膀
一雙水汪汪的眼睛
對我望
盯著我小小聲地問

你是不是正在計算
還要多久
那隻載著媽媽回家的大白鳥
才會降落機場
帶給你一盒香香甜甜的巧克力糖
還有媽媽的擁抱

摸著你的臉頰問道
有沒有穿暖

*發表於二〇一〇年四月二十六日《國語日報・故事版》。

air

24
別睡著

搖啊搖
車開了
外婆擠在我的身邊
她已經睡著
我緊緊挨著外婆坐好
很怕整個人滑出去
像顆球滾呀滾
在車廂裡惹人爆笑

別睡著
所以我告訴自己
把頭兒抬高高
瞧那邊的叔叔在膝蓋上攤開一本書
專心讀著
好像把全世界都忘掉

再瞧那邊的大哥哥兩隻拇指使勁敲
好像跟什麼怪獸大戰
三百回合
無論如何不能輸掉

別睡著
可是我的眼皮慢慢往下掉
大概是車窗外面的風景
只露出半張明信片的大小
我的眼皮也就偷懶了
拉下一半
反正沒看到的也看不到
誰叫我伸直了腿連地板都搆不著
搖啊搖
車子輕飄飄

別睡著
到哪兒了我都不知道
車門開開關關
我想著又想著
還要多久才到外婆橋
大鞋子進進出出
我數著又數著
十隻手指頭來來回回都亂了

別睡著（我知道我知道）
別睡著（可是我暈了）
我好像被巨人抓到雲上
歪著頭流出口水黏嘴角

（如果你沒睡著）
（就會看到外婆拎起我）
（她把我抱在懷裡）
（一路晃晃搖搖）
（走向外婆橋）

＊發表於二〇一〇年七月三日《國語日報・故事版》。

25

蓮．蓮．看

春天連過來
夏日的蟬
知了知了
午後嘩啦啦的時候
別急別跑
先給蟬兒的薄翼
好心撐一把傘

荷月連過來
七月的瓜
冰冰涼涼
午後悶沌沌的時候
別咒別唸
再借花兒的團扇
優雅搖一季沁涼

花連葉
葉連風
風連水
水連香
綠鴨優游小天地
碧翠浮動大池塘

＊發表於二〇一〇年七月十三日《國語日報・故事版》。

26
火車想洗澡

風吹，
火車說：我沒感冒，
就是鼻頭癢得不得了。
日曬，
火車說：我沒烤焦，
就是皮膚燙得不得了。
雨淋，
火車說：我沒溶掉，
就是身上裹了一層汙泥，
臭得不得了。
風吹、日曬、雨淋，
火車說：我全受得了，
就是沒得洗澡最難熬。
快、快、快，
趕快幫我燒一缸水，

我真想泡個暖呼呼的熱水澡，
尤其是在這麼凍人的天氣裡，
泡泡熱水澡，
什麼煩惱都會忘掉。

＊發表於二〇一一年三月二十一日《國語日報・故事版》。

27
寫信給地球

親愛的地球：

你為什麼常常鬧脾氣？
一會兒氣呼呼大吼，
一會兒哭得淅瀝瀝。
你是不是生病了？
還是誰惹到你？

猜來猜去，
大家想不出個道理，
只能搖頭嘆氣。
爺爺說，田裡的農作物亂生；
奶奶說，園裡的花兒亂開；
爸爸說，車子用的汽油亂調；
媽媽說，大家吃的蔬果亂漲；

老師說，全亂了，全亂了，
害得蜜蜂和蝴蝶也暈頭轉向。

親愛的地球，
就連氣象報告都說，
你的脾氣料不準，
晴時多雲偶陣雨，
聰明的人，
出門最好帶傘，
遮雨又遮陽。

親愛的地球，
笑一個嘛，
我真希望你能開心，
所以，

請你告訴我，
我可以幫上什麼忙？

祝你
身體健康

福爾摩沙的小不點兒敬上

＊發表於二〇一一年五月六日《國語日報・故事版》。

親愛的

28

謝謝

花兒謝謝蜜蜂，
帶著花粉去旅行。

風兒謝謝雲朵，
舞了一齣紙鳶的白日夢。

池塘謝謝青蛙，
唱出熱鬧的春天夜之頌。

我要謝謝螢火蟲，
提起燈籠，
陪伴媽媽和我在河邊散步，
吹著徐徐涼風。

落葉謝謝雨滴，
洗淨所有不安的塵粒。

棕熊謝謝山洞，
守護冬眠身軀的不吃不動。
白雪謝謝北風，
呼出漫漫冬夜，寒氣濃。

我要謝謝不怕冷的路燈，
舉著亮光，
指引媽媽和我在下雨的路上，
朝著回家的方向，
一邊走一邊把歌曲輕輕哼。

*發表於二〇一二年二月一日《國語日報・故事版》。二〇一三年十月，收入百年課綱翰林版國小三年級國語課本第七課，頁52-56。

29

夏夜嘉年華

鼠兒請蝴蝶黏上尾巴
大象舉高鼻子就怕氣球爆炸
走呀走
鼠兒把大象踩在腳下
一起作伴，參加夏夜嘉年華
（在哪？在哪？）
穿過三條街
轉進圓形大廣場
已經擠滿了興奮的星星眨呀眨
歡笑在那兒搭七搭八
快樂在那兒串了一掛又一掛
（來吧！來吧！）
猴子抱著吉娃娃
貓兒一身白蓬蓬的，又似披了彩霞
長頸鹿踢踢踏踏

單輪車上有驢子踩著時光
一圈一圈地轉
印象一張一張儲存記憶匣
（快呀！快呀！）
小河馬拉著媽媽
加入談笑和喧譁
來晚了
只能陪著朝陽乾瞪眼
數一數夏日清晨
開開心心的，總共幾朵早起的花

＊發表於二〇一四年六月二十八日《國語日報・故事版》。

30

四月

聽說光陰像一支箭那麼咻咻
咻——
一早跑上山頭把人踢下枕頭
天一黑就掄起布袋跑進夢裡頭
咻——
能撈的幻想全部帶走
送給花造顏色
送給鳥練練曲兒
能撈的故事全部帶走
送給蟲咀嚼、咀嚼再吐出一篇詩
送給魚兒洄游文字
要說光陰像一支箭那麼咻咻
咻——
怎麼會追不上公園裡散步的鴿子
追不上小欖仁落葉

追不上大欖仁掃街
追不上流蘇點點積雪
甚至追不上苦楝噴灑紫霧
尤其還追不上垂柳搖擺的幅度
就別說光陰像一支箭咻咻
咻——
站在樹下
瞧瞧枝葉之間是誰那麼晃晃悠悠

＊發表於二〇一八年四月七日《國語日報・故事版》。

31 上學途中

上學的路好長
前半段搖籃
後半段慢慢舔著棒棒糖
喔不，那是假裝
那是困在糖果屋裡
下一秒就得打翻巫婆湯
（爸爸的手臂很強壯）

上學的路好彎
有風有光
轉個彎，空空雜貨店
睜眼打盹的熊老闆
再轉一個彎怎麼就走進迷宮
（拉著媽媽的手一直沒放）

喔不，那是花園
那是四季芬芳
巨人樂呵呵的說：歡迎分享！

上學的路好好玩
（同伴的笑聲是最準的導航）
抓了怪物養在書包裡面
大的寫故事
小的寫詩
誰有空誰就來幫忙
加減乘除，打敗超人的考卷

*發表於二〇一八年六月七日《國語日報・故事版》。

32 耶誕粉絲

頂著爆炸頭，
粉絲不知道該送什麼。
送了帽子，圍巾也有，
冷颼颼的冬天還缺什麼？

如果是雪人，
也許需要一個朋友？
（不如湊齊高、矮、胖、瘦？）
襪子塞糖果，
擠一擠再塞入一個溜溜球？
整天窩在家裡，
小松鼠擁著滿滿的寂寞？
如果寒風不吹，
哪兒去找北極熊？
（多送幾座冰山好了！）

想了半天想破頭，
一團煩惱絲衝上宇宙。
不如編成翅膀？
租給想飛的阿貓和阿狗。
（黑冠麻鷺一向懶惰？）
或者編成一幅畫？
用星鑽亮片撒成一條銀河！
或者編成一盆花？
就怕蜜蜂從此不再搬家。

雪片撲撲灑灑，
白色的狐狸散步還翹尾巴！
陽光劈哩啪啦，
裂開的核果撿來烤著吃吧？

頂著爆炸頭，
粉絲幾乎把腦袋掏空。
（喔喔喔——）
怎麼能送機器人代寫功課？
怎麼能送神奇手錶讓此刻永遠不動？
「幸好我不是耶誕老公公！」
粉絲索性跑進夢裡追恐龍。

＊發表於二〇二〇年十二月二十五日《國語日報．故事版》。

33

木瓜熟了

木瓜開花
等著誰抬頭
風呵呵
伴著練嗓的班鳩
貓兒趴睡
在夢裡變成長頸鹿了

木瓜黃了
等著誰的手
雨答答
催著打盹的白鴿
狗兒瞪眼
該借繩子還是梯子呢

木瓜熟了

螞蟻嗅呀嗅
雲朵路過
小松鼠磨牙囉
嘖、嘖、嘖
一顆微甜一顆三分澀

＊發表於二〇二一年十月三十日《國語日報・故事版》。

34

豆芽之歌

呼……呼……
杯子孵豆芽
是誰的自然觀察
鋪上棉花
加水，滴答滴答
讓時鐘去盯吧
讓太陽去叫吧
讓月亮和星星去陪伴
教室留守
蟑螂飛，蜘蛛爬
黑板寫著咒語
不催不催
快快長大
嗚哇……嗚哇……
一片葉子羞答答

兩片葉子矮趴趴
三片葉子撓撓抓抓
天空召喚
喜鵲嘎嘎，麻雀吱喳

*發表於二〇二三年四月一日《國語日報・故事版》。

值日生：

35

演說家

媽媽是演說家
把我跌倒比擬落花
（詩人才會這樣吧）
翻一下
甩開麻雀和鴿子
再翻一下
比風更快
搶到泥巴
正好找一找吉娃娃
是不是躲在樹叢底下
（我就忘記喊痛啦）

媽媽一定是演說家
把我賴床比喻練習魔法
（小說家才會這樣吧）

滾一下
甩開怪獸和巨人
再滾一下
比巫婆更快
搶到掃把
正好繞一繞黑森林
勸勸狼群不要打架

*發表於二〇二三年五月十三日《國語日報・故事版》。

36
蟬衣

誰的衣服
沾了一身泥巴
掛在樹幹
難道打算晾他一個夏天

阿狗瞥了一眼
估算地洞怎樣埋藏
時針和分針
是不是裹了希望在裡面

阿貓動動鼻尖
猜測泥土如何消化
風雨與孤單
會不會快樂也一起伸展

詩人過來照相
考慮將變形鑲入詩行
該用那個形容
而攀木蜥蜴不時經過
爬上爬下
躲避巫婆的掃帚
偶爾做做伏地挺身
仰頭
讚嘆日光撒花

＊發表於二〇二三年六月二十一日《國語日報・故事版》。

37
帳篷外面有白鷺鷥

清晨闃闃
白鷺鷥漫步草地
一顆顆露珠閃亮亮
摻著昨夜的風雨
練嗓的壁虎君眼睛骨碌碌的
瞧，群樹清麗
羊蹄甲為春天撲粉
夏日火紅便讓給鳳凰木
楓香和落羽松伸枝展葉
襯托烏桕的嫩黃穗花
杜英花果嬉笑
野薑盯著小池
魚兒乖乖藏在石頭縫隙
白頭翁猛的俯衝
啄出漣漪

一隻隻白鷺鷥飛向天際
媽媽開心說了一句：
「這像極了童年，
就差一棵芒果樹！」

＊發表於二〇二三年七月十三日《國語日報・故事版》。

38

夏天躲進公園裡

桑椹早被摘走
黑冠麻鷺還在巡邏
蚯蚓藏在哪兒
陽光撒撒潑潑
小草不想長大
比任性更任性的趴著
鏡頭竟然只給鳳頭蒼鷹
育雛直播
紅嘴黑鵯不時插嘴哼歌
數落蟬鳴單調
樹鵲轉告斑鳩轉告麻雀再轉告詩人
野薑從鄉下搬來
笑開了
木瓜未熟
松鼠不吃青澀的苦楝果

玉蘭醺醺
夏日手情
統統留給眼尖的漫遊者

＊發表於二〇二三年八月三十日《國語日報・故事版》。

39

陽臺

架起竹籬笆
嘈雜的城市擋在窗外
不理麻雀吱吱喳喳
不問八哥為什麼吵架
薰衣草一枝一枝開花
蔥苗稀稀疏疏
（意思是：等著唷！）
綠藤爬呀爬
悄悄亮出黃色小喇叭
（意思是：別催嘛！）
地瓜不愛泥巴
豆莢怕熱吧
斑鳩不時咕咕
說喜鵲搬家
說公園的到手香又被摘走

羨慕陽臺
多肉儲藏時日
陪著蜘蛛結詩編碼

40

小花十萬錯

藏在太陽背後
半匍匐，圍在籬笆外頭
歡迎蝶兒假裝一朵
不像百合用喇叭放送風雨
小花靜靜的
傾聽鄉野傳說
日升月落
陪著山黃梔野牡丹與金絲桃
描繪四季綠色
以白張口
以紫吐舌
狗兒別來亂嗅
千錯萬錯
是翻譯還是植物學者
可藥可食的

寬葉茁茁
小花從此有了詩人謳歌

＊發表於二〇二四年三月二十三日《國語日報・故事版》。

41
沉默之歌

不聊天聊什麼？
「泥巴裡的快樂成分有什麼？」
「陽光跳進池塘在找什麼？」
「哪一種香草最香？」
「尾巴怎麼搖表示時間超多？」
小豬滾滾呵呵：「開心就要笑？」
小鴨撥撥扭扭：「白天比較熱！」
小羊舔舔舌：「山風愛唱歌？」
小狗皺眉頭：「逆時針追尾巴比較慢喔？」
聊了半天再聊些什麼？
「亮晃晃的白雪翻轉幾何？」
「灰濛濛的天空有多厚？」
「秋夜怎會寫歌？」
「冬天的小河為何變瘦？」

「聊不出東西了。」小豬說。
「改聊南北好囉。」小鴨說。
「嗯……」小羊說。
「喔……」小狗說。
想著想著
嘴閉了
不如

不如
安安靜靜坐著
聆聽，沉默之歌

兒童文學65　PG3067

拍出花香：蘇善童詩集

作者／蘇　善
繪者／蘇　善
責任編輯／劉芮瑜
圖文排版／黃莉珊
封面設計／李孟瑾
出版策劃／秀威少年
製作發行／秀威資訊科技股份有限公司
114 台北市內湖區瑞光路76巷65號1樓
電話：+886-2-2796-3638
傳真：+886-2-2796-1377
服務信箱：service@showwe.com.tw
http://www.showwe.com.tw

郵政劃撥／19563868
戶名：秀威資訊科技股份有限公司
展售門市／國家書店【松江門市】
104 台北市中山區松江路209號1樓
電話：+886-2-2518-0207
傳真：+886-2-2518-0778

網路訂購／秀威網路書店：https://store.showwe.tw
國家網路書店：https://www.govbooks.com.tw
法律顧問／毛國樑　律師

總經銷／聯合發行股份有限公司
231新北市新店區寶橋路235巷6弄6號4F
電話：+886-2-2917-8022
傳真：+886-2-2915-6275

出版日期／2024年10月　BOD一版　**定價**／300元
ISBN／978-626-97570-7-7

讀者回函卡

秀威少年
SHOWWE YOUNG

國家圖書館出版品預行編目

拍出花香：蘇善童詩集 / 蘇善著. -- 一版. --
臺北市：秀威少年, 2024.10
面； 公分. -- (兒童文學 ; 65)
BOD版
ISBN 978-626-97570-7-7(平裝)

863.598 113011077